LES AMIS DU JOUR,

COMÉDIE

EN UN ACTE ET EN PROSE.

Représentée *pour la première fois sur le Théâtre des Comédiens Italiens Ordinaires du Roi, le Vendredi premier Septembre 1786.*

Par M. DE BEAUNOIR.

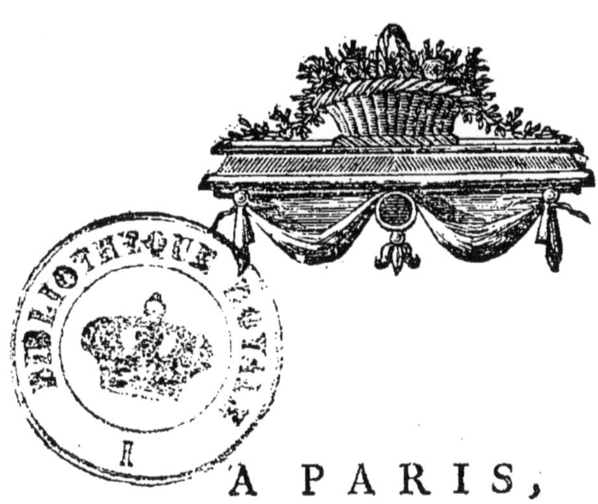

A PARIS,

Chez HARDOUIN & GATTEY, Libraires de S. A. S.
Madame la Ducheſſe d'Orléans, au Palais-Royal.
Nᵒˢ. 13 & 14.

M. DCC. LXXXVI.

A MON AMI,

MONSIEUR DU R***.

*M*ON AMI,

Tous les Perſonnages de cette petite Comédie-Proverbe ſont gens de ma connoiſſance ; vous m'en avez fourni le trait le plus heureux : recevez - la donc comme un témoignage public des ſentimens avec leſquels je ſuis, pour la vie,

Mon ami,

Votre affectionné ſerviteur,

DE BEAUNOIR.

A ij

ACTEURS.

M. DUPONT.	M. GRANGER.
MADAME DUPONT.	Mad. VERTEUIL.
LE COMMANDEUR.	M. COURCELLE.
LE MARQUIS.	M. RAIMOND.
M. MONTDOR, Financier.	M. PÉRIGNY.
M. DUPRÉ, Marchand.	M. VALROI.
LA PIERRE, Domestique de M. Dupont.	M. CORALY.

La Scene est à Paris, dans la Maison de M. Dupont.

LES AMIS DU JOUR,
COMÉDIE
EN UN ACTE ET EN PROSE.

SCENE PREMIERE.
LA PIERRE *seul.*

Le Théâtre repréfente un fallon de Compagnie, dont les portes du fond, reftant toujours ouvertes, laiffent voir la falle à manger dans laquelle La Pierre dreffe la table fur laquelle il met cinq couverts.

Cette Scène eft muette.

SCENE II.
M. DUPONT, LA PIERRE.
M. DUPONT.

Eh b, oh! voilà bien des apprêts, La Pierre...
LA PIERRE.

Monfieur....

A iij

M. DUPONT.

Est-ce que nous avons du monde à dîner ?

LA PIERRE.

Non, Monsieur.

M. DUPONT.

Pour qui donc tous ces couverts ?

LA PIERRE.

C'est pour les amis de Madame.

M. DUPONT.

Les amis de Madame....

LA PIERRE.

Oui, Monsieur ; vous savez bien ; le Marquis, son oncle le Commandeur, & Monsieur Montdor.

M. DUPONT.

Ces Messieurs dînent ici ?

LA PIERRE.

Madame m'a dit de mettre leur couvert.

M. DUPONT.

Hé bien, mets-en un de plus.

LA PIERRE.

Pour qui donc ?

M. DUPONT.

Pour Dupré.

LA PIERRE.

Y pensez-vous, Monsieur ? cela n'est pas possible.

M. DUPONT.

Pourquoi donc ?

LA PIERRE.

Voulez-vous donner de l'humeur à Madame ?

M. DUPONT.

Non.

LA PIERRE.

Hé bien, vous sentez qu'elle ne fera pas dîner un simple Marchand avec un Marquis, un Commandeur & un millionnaire.

M. DUPONT.

Mais c'est mon ami.

LA PIERRE.

Ce n'est pas une raison.

M. DUPONT.

Mais je l'ai engagé à venir dîner aujourd'hui avec moi, il est bientôt deux heures, il devroit déjà être ici.

LA PIERRE.

Faites-mieux ; allez dîner ensemble chez le Restaurateur.

M. DUPONT.

Non, ma foi ; mon dîner doit être bon, & j'aime autant le manger que celui du Restaurateur.

LA PIERRE.

Mais Madame grondera.

M. DUPONT.

C'est mon affaire ; mets toujours le couvert de Dupré.

LA PIERRE, *à part en s'en allant.*

Au diable, si j'en fais rien sans en avoir prévenu d'abord Madame, & sans avoir ses ordres.

A iv

SCÈNE III.

M. DUPONT *seul.*

Monsieur le Financier ! Monsieur le Marquis ! Monsieur le Commandeur ! quelle manie a donc ma femme de s'entourer toujours de ces Messieurs-là ? Sont-ils chez moi, ils me serrent la main, m'accablent de carresses, de complimens, m'appellent leur cher ami. Sont-ils dehors ? à peine daignent-ils me reconnoître. S'ils me rencontrent, ils détournent la tête pour ne me pas voir ; ou si mon salut les force à me le rendre, ils le font d'une maniere si froide ou si insolente, qu'ils m'en font rougir. A quoi donc peuvent-ils m'être bons ? à rien, absolument à rien. Tous les jours je le répete à ma femme, & tous les jours je le lui répete inutilement. Parbleu, il me vient une idée...Oui, ma foi,... puisque mes raisonnemens sont perdus, essayons le pouvoir des faits, & montrons-lui bien clairement ce que sont tous nos bons amis du jour : cette épreuve, en l'instruisant, m'amusera. Bon, la voici : composons notre visage, & prenons le masque du rôle que je vais jouer.

SCENE IV.

M. DUPONT, MADAME DUPONT

Mad. DUPONT.

QUE vient de me dire La Pierre, mon ami ?

M. DUPONT.

Que t'a-t-il dit ?

Mad. DUPONT.

Que tu lui avois ordonné de mettre le couvert de M. Dupré.

M. DUPONT.

Oui.

Mad. DUPONT.

Est-ce que cet homme dîne ici ?

M. DUPONT.

Je l'ai engagé.

Mad. DUPONT.

Il faut le contremander.

M. DUPONT.

Il est trop tard.

Mad. DUPONT.

Mais comment veux-tu que je le fasse dîner avec M. Montdor, avec le Commandeur, avec le Marquis ?

M. DUPONT.

Ecoute donc : ces Messieurs sont tes amis, Dupré

eft le mien : Je veux bien les recevoir, par complaifance pour toi; veux-tu bien fouffrir Dupré pour l'amour de moi ?

Mad. DUPONT.

Mais, mon bon ami, fonge donc à la tournure de M. Dupré.

M. DUPONT.

Mais fa tournure eft fort bonne, felon moi : d'ailleurs, c'eft un brave homme, très-jovial, ayant toujours le petit mot pour rire.

Mad. DUPONT.

Mais fi donc, mon ami, fi donc : il eft d'un bourgeois,... d'un commun,... d'une gaîté...

M. DUPONT.

Ne veux-tu pas qu'un Marchand prenne les airs & les tons d'un Seigneur ?

Mad. DUPONT.

On voit ces gens là dans leurs Boutiques, on ne les reçoit pas à fa table.

M. DUPONT.

Ma table eft faite pour mes amis, & pour mes égaux.

Mad. DUPONT.

Vos égaux ! n'avez-vous pas été Echevin, Monfieur ? N'êtes-vous pas Ecuyer ?

M. DUPONT.

N'ai-je pas été Marchand de Draps, Madame ; comme Dupré ? J'ai quitté le commerce avant lui, parce que mon pere m'avoit laissé sa Boutique toute faite, & Dupré fait la sienne. J'ai profité du travail & du bonheur de mon pere ; Dupré répare les fautes & les revers du sien : voilà toute la différence qui est entre nous.

Mad. DUPONT.

A la bonne heure ; mais au moins faut-il savoir assortir son monde, & ne pas mettre à table un Marchand à côté d'un Marquis.

M. DUPONT.

Si M. le Marquis se trouve déshonoré d'être à côté de mon ami, il peut rester dans son hôtel ; & soit dit entre nous, je suis las de recevoir chez moi des gens qui me méprisent en mangeant mon bien, & qui se moquent de moi en le digérant.

Mad. DUPONT.

Voilà de vos idées ; avez-vous de meilleur ami que le Commandeur, que le Marquis? d'homme qui puisse vous être plus utile que M. Montdor ; ne vous font-ils pas tous les jours mille offres de services.

M. DUPONT.

Parce qu'ils savent bien que jusqu'à ce jour je n'en ai pas eu besoin.

Mad. DUPONT.

Pourquoi ce foupçon ? vous êtes toujours méfiant.

M. DUPONT.

Et vous, Madame, vous êtes par trop confiante ; vous vous livrez à tous les plaifirs de la Société, fans inquiétude, fans foupçons ; vous regardez comme de véritables amis tous ceux qui vous jurent qu'ils vous font réellement attachés ; & comme vous êtes aimable, tout le monde vous le jure : mais moi, qui fuis un peu plus âgé que vous, je connois un peu mieux les hommes ; un peu mieux que vous je fais apprécier toutes leurs belles proteftations.

Mad. DUPONT.

Dites plutôt que vous êtes farouche, mifantrope.

M. DUPONT.

Ecoutes-moi : tu es certaine que le Commandeur, le Marquis, Monfieur Montdor font nos amis.

Mad. DUPONT.

Très-certaine.

M. DUPONT.

Que fi je me trouvois dans l'embarras, ils fe feroient un plaifir de venir à mon fecours.

Mad. DUPONT.

Affurément.

M. DUPONT.

Hé bien, je fuis juftement dans cette pofition.

Mad. DUPONT.

Eſt-il poſſible?

M. DUPONT.

Très-poſſible ; il vient de m'arriver un événement cruel : j'ai eu la foibleſſe de me rendre caution pour un homme dont j'aurois répondu comme de moi ; ſa facilité à recevoir chez ſa femme trop bonne & trop brillante compagnie, l'a perdu, il vient de manquer ; & moi-même je me vois très-embarraſſé, ſi dans la journée je ne trouve pas les mille louis dont je l'ai cautionné.

Mad. DUPONT.

Eſt-ce que tu ne les as pas dans ton porte-feuille ?

M. DUPONT.

J'ai tout placé il y a quatre jours : je ſuis ſans fonds ; & cela me déſeſpere.

Mad. DUPONT.

Et tu prends du chagrin pour cela ?

M. DUPONT.

C'eſt bien ſuffiſant, Madame.

Mad. DUPONT.

Mais ce n'eſt rien, ce n'eſt rien : n'as-tu pas des amis ?

M. DUPONT.

Des amis, Madame, des amis, & qui eſt-ce qui en a ?

Mad. DUPONT.

Moi, Monſieur ?

M. Dupont.

Tu t'en flattes.

Mad. Dupont.

J'en suis sûre.

M. Dupont.

Tu crois donc que le Commandeur, le Marquis ou Montdor feront gens à m'obliger ?

Mad. Dupont.

Ils s'en feront un plaisir, un devoir ; je connois leur façon de penser à ton égard, & dans ce moment je ne suis embarrassée que d'une chose.

M. Dupont.

Qu'est-ce que c'est ?

Mad. Dupont.

C'est de savoir auquel des trois je dois donner la préférence ?

M. Dupont.

Il me semble que M. Montdor est le plus en état...

Mad. Dupont.

Tu ne sais donc pas que le Marquis a gagné hier trois mille louis au quinze, & que le Commandeur a reçu cinquante mille francs de ses bois ?

M. Dupont.

Tu as raison : on ne peut les prendre dans un plus heureux moment ; je ne vois qu'un moyen de fixer ton incertitude, c'est de t'adresser au premier qui arrivera.

LA PIERRE, *annonçant de l'Anti-chambre où il reste pendant toute la piece*
Monſieur le Commandeur.

SCENE V.
Mad. DUPONT, M. DUPONT, LE COMMANDEUR.

Mad. DUPONT.

Soyez le bien-venu, Monſieur le Commandeur, je vous attendois avec impatience.

LE COMMANDEUR.

Vous êtes bien bonne, Madame : bon jour, M. Dupont.

M. DUPONT.

Votre très-humble ſerviteur, Monſieur le Commandeur.

LE COMMANDEUR.

N'attendez-vous pas à dîner Montdor & mon neveu le Marquis ?

Mad. DUPONT.

Tous deux m'ont fait demander ce matin ſi je dînois chez moi.

LE COMMANDEUR.

Tant mieux nous rirons un peu, car vous nous ferez faire bonne chere.

Mad. D u p o n t.

Je l'espere.

Le Commandeur.

Savez-vous bien, Monsieur Dupont, que votre Cuisinier est excellent?

M. Dupont.

Il n'est pas mauvais.

Le Commandeur.

Mauvais,....c'est un homme divin, & si je ne vous aimois pas autant, je vous l'aurois déjà débauché; mais vous en faites si bien les honneurs que ce seroit une atrocité de vous l'enlever.

Mad. D u p o n t.

Commandeur, vous êtes un peu gourmand.

Le Commandeur.

Un peu,....dites beaucoup, vous ne direz pas trop! Il faut bien avoir un défaut pour être de mise dans la bonne compagnie; & puis, que voulez-vous que je fasse de mon argent, si je ne l'emploie pas à régaler mes amis? il vient encore de me tomber une pluie d'or; j'ai obtenu la permission de couper les bois de ma Commanderie des Ormes, & mon adjudicataire est venu m'apporter cinquante mille francs en beaux louis d'or, que j'ai eu la complaisance de garder.

Mad. D u p o n t.

Ils ne feront pas de peine à votre Neveu.

Le Commandeur.

LE COMMANDEUR.

Mon Neveu n'en aura jamais un sou.

Mad. DUPONT.

Comment?

LE COMMANDEUR.

Je ne tiens à rien dans la nature.

Mad. DUPONT.

Mais vos parens.

LE COMMANDEUR.

Mes vrais parens sont mes amis & les malheureux.

Mad. DUPONT.

Vous avez raison, mais qu'allez-vous faire de tout cet argent?

LE COMMANDEUR.

Le garder, Madame, le garder; cela ne gêne jamais

M. DUPONT.

Vous ne le placez pas?

LE COMMANDEUR.

Où voulez-vous qu'il le soit mieux & plus sûrement que dans mon coffre-fort?

M. DUPONT.

Mais vous perdez des intérêts.

LE COMMANDEUR.

Mais je ne risque pas le capital : & puis qui peut répondre des événemens, le feu, une maladie,...avec de l'argent on pare à tout.

Mad. DUPONT.

Je veux cependant vous placer mille louis.

LE COMMANDEUR.

Vous, Madame.

Mad. DUPONT.

Moi-même.

LE COMMANDEUR.

Dans quelle affaire donc ?

M. DUPONT.

Dans une affaire qui vous fera grand plaifir.

LE COMMANDEUR.

Peut-être.

Mad. DUPONT.

Vous aimez mon mari ?

LE COMMANDEUR.

Beaucoup.

Mad. DUPONT.

Hé bien, il a befoin de mille louis, & je l'ai affuré que vous vous feriez un plaifir de les lui prêter.

LE COMMANDEUR.

Vous avez eu tort.

Mad. DUPONT.

Comment ?

LE COMMANDEUR.

Je ne prête jamais à mes amis, je m'en fuis fait une loi inviolable, que jamais je ne trahirai.

Mad. DUPONT.

Mais c'eft une loi barbare ; à qui prêtez-vous donc ?

LE COMMANDEUR.

À personne, Madame.

Mad. DUPONT.

Mais quand vous voyez un ami dans le besoin ?

LE COMMANDEUR.

Voulez-vous que je m'y mette pour lui, que je hazarde ma fortune pour sauver celle d'un autre.

Mad. DUPONT.

Allez, M. le Commandeur, vous n'êtes pas un homme.

LE COMMANDEUR.

Madame, j'aime mieux recevoir ces complimens-là en refusant mon argent, qu'en le redemandant.

Mad. DUPONT.

Mais ce n'est vivre que pour soi.

LE COMMANDEUR.

Et pour qui voulez-vous donc que je vive ? tant que M. Dupont aura besoin de mon crédit, de mes démarches, de ma table, il peut en user sans crainte, il me fera même plaisir ; mais pour ma bourse je ne l'ouvre à personne.

M. DUPONT.

Je vous plains, M. le Commandeur ; vous vous privez du plaisir le plus pur.

LE COMMANDEUR.

On m'en a bien corrigé de ce plaisir : j'ai eu jadis, comme tous ceux qui entrent dans le monde, la manie

d'obliger ; qu'ai-je fait en prêtant mon argent ? dix ingrats, pas un ami. Je suis fâché de vous refuser, mais
j'aime encore mieux votre indifférence que votre ini-
mitié ; & tôt ou tard nous finirions par-là. Tout le
monde, heureusement, n'a pas les mêmes principes
que moi ; le Marquis est en argent pour le moment,
Montdor en regorge, adressez-vous à eux, pour moi
je suis bien votre serviteur.

M. D U P O N T.

Vous ne dînez pas avec nous, M. le Commandeur ?

L E C O M M A N D E U R.

Je ne puis avoir cet honneur aujourd'hui, je me
rappelle que j'ai pris un engagement sacré.

M. D U P O N T.

Entre amis, l'on ne se gêne pas.

SCENE VI.

Mad. D U P O N T, M. D U P O N T, LA
PIERRE *dans la salle à manger.*

M. D U P O N T.

LA Pierre.

L A P I E R R E.

Monsieur...

M. D U P O N T.

Otez le couvert de M. le Commandeur.

L A P I E R R E.

Oui, Monsieur.

Mad. D u p o n t.

Et dites au portier qu'on ne le laiſſe jamais monter.

L a P i e r r e.

Oui, Madame.

S C E N E   V I I.

Mad. DUPONT, M. DUPONT.

M. D u p o n t.

Hé bien.

Mad. D u p o n t.

C'eſt un monſtre que cet homme.

M. D u p o n t.

Pas plus monſtre que tous les autres.

Mad. D u p o n t.

J'ai eu tort de m'adreſſer à lui; que peut-on attendre d'un homme qui fait le vœu cruel de ne vivre que
pour lui, à qui tous les autres hommes ſont étrangers,
qui renie même ſes parens ?

M. D u p o n t.

Ses parens, ſont ſes amis & les infortunés.

Mad. D u p o n t.

Il eſt ſingulier que ce ſoient toujours les gens les
moins ſenſibles, qui parlent le plus de bienfaiſance.

M. D u p o n t.

C'eſt qu'il ne coûte rien d'en parler : il en eſt de
même de la bravoure & des mœurs.

Mad. D u p o n t.

Il peut s'attendre que je le démafquerai.

M. D u p o n t.

Ne te donne pas cette peine, toi feule étois affez bonne pour croire à ce mafque.

Mad. D u p o n t.

Non, je veux dire à tout le monde le trait odieux.

M. D u p o n t.

Et tout le monde fe moquera de toi : fois bien certaine, ma bonne amie, que tous les heureux du fiecle font pofitivement dans les mêmes principes du Commandeur ; que leur maxime favorite eft qu'il faut être amis jufqu'à la bourfe, & leur cri de guerre, *chacun pour foi,*

Mad. D u p o n t.

Un homme de condition !

M. D u p o n t.

Sois jufte : Pourquoi veux-tu que cet homme decondition fe gêne pour nous ? Sommes-nous fes amis ? Sommes-nous faits pour l'être : je te l'ai dit cent fois ; un fimple particulier n'a ni honneur, ni profit à recevoir chez lui tous ces Meffieurs-là : loin de l'honorer, leurs vifites ne font que le rendre ridicule, pour ne rien dire de plus. Mais vous autres, petites femmes, vous êtes enchantées quand vous vous montrez en public avec un homme décoré, ou qu'il vous traine dans fon char brillant, & vous ne voyez pas que la critique & le mépris fuivent leurs courfes rapides, & vous attendent à vos portes, pour vous pourfuivre jufques dans vos boudoirs.

Mad. DUPONT.

Il ne faut donc voir perfonne ?

M. DUPONT.

Voyons nos égaux : ce n'eft que parmi eux qu'on peut trouver encore quelques vieux principes, quelques reftes précieux de cette ancienne franchife, de cette bonhommie qui font les feuls fondemens de l'amitié.

Mad. DUPONT.

M. Dupré, par exemple.

M. DUPONT.

Tu l'as dit : je compterois plus fur lui que fur tous tes Marquis.

Mad. DUPONT.

Hé bien, le voilà tout juftement, fi tu es fi fûr de lui, qui t'empêche de lui faire confidence de l'embarras où tu te trouves.

M. DUPONT.

Oui, je la lui ferai, & tu verras la différence...

SCENE VIII.

Mad. DUPONT, M. DUPONT, M. DUPRÉ.

M. DUPRÉ.

Bon jour, Dupont : votre Serviteur, Madame ; je viens manger votre foupe, fi vous le permettez.

Mad. D u p o n t.

Vous me faites beaucoup d'honneur.

M. D u p r é.

A vous, je ne veux que faire plaifir : pour votre diner c'eft à lui que je compte bien faire honneur, car j'ai un appétit de fer ; j'ai couru toute la matinée pour ra-maffer un peu d'argent, j'ai fait, je crois, les quatre coins de Paris, pas un fol, mon ami, pas un fol, je ne fais où eft l'argent.

M. D u p o n t.

A qui le dis-tu ?

M. D u p r é.

Perfonne ne paie : je fuis d'une colere, mais je la paf-ferai fur ton vin.

M. D u p o n t.

Tu as raifon.

M. D u p r é.

Sais-tu qu'il eft deux heures ?

M. D u p o n t,

Oui.

M. D u p r é.

Eft-ce que nous ne dînons pas ?

M. D u p o n t.

Ma femme attend M. Montdor & le Marquis.

M. D u p r é.

C'eft-à-dire que nous ne nous mettrons pas à table avant quatre heures.

M. D u p o n t,

Cela fe pourra bien.

M. D u p r é.

En ce cas, avec la permission de Madame, je vais boire un coup, car je n'en puis plus.

Mad. D u p o n t.

Faites comme chez vous.

M. D u p r é.

C'est bien dit. La Pierre.

L a P i e r r e.

Monsieur.

M. D u p r é,

Donne-moi une croute de pain, & un verre de vin ; & du bon, entends-tu ?

Mad. D u p o n t, *bas à son mari.*

Quel ton !

M. D u p o n t, *bas à sa femme.*

Pourquoi veux-tu qu'il se gêne chez son ami ?

M. D u p r é.

Dupont ?

M. D u p o n t.

Hé bien.

M. D u p r é.

Je ne suis pas content de toi.

M. D u p o n t.

Pourquoi donc ?

M. D u p r é.

Tu n'as pas l'air gai.

M. D u p o n t.

Si fait.

M. DUPRÉ.

Tu mens.

M. DUPONT.

Jamais.

M. DUPRÉ.

Ecoute-donc : ta femme attend de beaux Meſſieurs ; ſi par haſard je te gêne, dis le-moi ; j'ai mon dîner chez moi.

M. DUPONT.

Quelle idée !

M. DUPRÉ.

Non, tu n'es pas comme à ton ordinaire, je te trouve l'air gêné, embarraſſé....

M. DUPONT.

Veux-tu que je t'en diſe la raiſon ?

M. DUPRÉ.

Oui.

M. DUPONT.

J'ai eu la foibleſſe de me rendre caution pour un homme dont j'aurois répondu comme de toi, il vient de manquer, & il faut que je trouve dans la journée mille louis.

M. DUPRÉ.

Mille louis !

M. DUPONT.

Tout autant.

M. DUPRÉ.

Et tu ne les as pas ?

M. DUPONT.

Je n'en ai pas le premier.

M. DUPRÉ.

Ni moi.

LA PIERRE, *apportant à M. Dupré du pain & du vin.*
Monſieur, voilà le vin & le pain......

M. DUPRÉ *prend ſa canne & ſon chapeau , &*
ſort bruſquement.
Au diable.

SCENE IX.

Mad. DUPONT, M. DUPONT, LA PIERRE.

Mad. DUPONT.

LA PIERRE?

LA PIERRE.

Madame.

Mad. DUPONT.

Otez le couvert de M. Dupré, & ne le laiſſez jamais rentrer.

LA PIERRE.

Oui, Madame.

Mad. DUPONT, *avec ironie.*

Voyons nos égaux : ce n'eſt que parmi eux qu'on peut
encor trouver quelques reſtes précieux de cette ancienne
franchiſe, de cette bonhommie qui font les ſeuls fondemens de l'amitié : M. Dupré, par exemple.

M. DUPONT.

Son procédé m'étonne plus encore qu'il ne m'af-
flige, je ne lui demandois rien.

Mad. DUPONT.

Prudemment il ne l'a pas attendu.

LA PIERRE.

M. le Marquis.

SCENE V.

Mad. DUPONT, M. DUPONT, LE MARQUIS.

LE MARQUIS.

SERVITEUR, belle dame, vous êtes bien aimable de de me donner à dîner aujourd'hui, car d'honneur je ne favois que faire, & je vous confacre toute ma journée : n'attendez-vous pas le Commandeur ?

Mad. DUPONT.

J'efpere qu'il me fera l'honneur de ne plus remettre les pieds chez moi.

LE MARQUIS.

Comment ? eft-ce que vous êtes brouillés ? je vous en fais mon compliment, car c'eft bien le plus ennuyeux mortel que je connoiffe, & je vous réponds que s'il n'avoit pas l'honneur d'être mon oncle, & quelques vieux louis d'or qui m'arrangeront, nous ne nous verrions gueres : mais contez-moi donc le fujet de votre brouillerie ?

Mad. DUPONT.

Vous favez qu'il vient de toucher cinquante mille francs de fes bois ?

LE MARQUIS.

Ne m'en parlez pas : c'eſt moi qui ai ſollicité cette coupe, qui la lui ai fait obtenir, qui lui ai procuré ſon Adjudicataire ; hé bien ! croiriez-vous qu'il a été aſſez ingrat pour ne me pas faire le moindre cadeau ? mais, morbleu, il me le paiera.

Mad. DUPONT.

Je lui ai dit que mon mari avoit beſoin de mille louis.

LE MARQUIS *embraſſant Dupont.*

Hé ! c'eſt ce cher époux : que je ſuis étourdi ! je ne vous avois pas vu ; dînez-vous avec nous ?

M. DUPONT.

Je compte avoir cet honneur.

LE MARQUIS, *déboutonnant & reboutonnant*
la veſte de Dupont.

Ah ! tant mieux, tant mieux : Il faut que je vous gronde, M. Dupont, jamais chez vous, vous êtes un coureur ; (*à demi-voix*) je gagerois que vous avez quelque petite poulette, je veux voir ça, & il faut me donner à ſouper avec elle, ſans cela guerre ouverte, & malheur à vous ſi je la découvre. (*haut*) Savez-vous qu'il y a un ſiecle que nous ne nous ſommes vus les armes à la main.

Mad. DUPONT.

Pour en revenir au Commandeur...

LE MARQUIS.

Oui, nous en étions, je crois, ſur ſon éternel chapitre.

Mad. Dupont.

Je lui ai donc dit que mon mari avoit befoin de mille louis, & je les lui ai demandé.

Le Marquis.

Et il vous a refufé?

Mad. Dupont.

Net.

Le Marquis.

Je le reconnois bien là. Mais auffi pourquoi vous adreffer à lui? eft-ce que je ne fuis pas votre ami?

Mad. Dupont.

Si fait, mais j'aurois craint...Les jeunes gens ne font pas toujours en argent...On fe trouve quelquefois gêné, embarraffé....

Le Marquis.

Embarraffé, moi....jamais je ne le fuis...mais auffi votre mari n'a pas de confiance en moi, il ne fait pas combien je l'aime : voyons, voyons un peu, de quoi s'agit-il?.

M. Dupont.

J'ai répondu pour un homme qui vient de manquer.

Le Marquis.

Ce n'eft rien.

M. Dupont.

Et fi, avant la fin de la journée, je ne trouve pas mille louis, je fuis un homme perdu.

Le Marquis.

Que cela?

M. D u p o n t.

C'eſt bien aſſez.

L e M a r q u i s.

Et vous êtes embarraſſé pour une pareille miſere ? ne perdons pas un inſtant, je ne dînerois pas content ſi cette affaire n'étoit pas terminée.

Mad. D u p o n t *bas à ſon mari.*

Hé bien.

M. D u p o n t *bas à ſa femme.*

Je ne l'aurois pas cru.

L e M a r q u i s.

Prenez votre chapeau & venez avec moi.

M. D u p o n t.

Où donc, M. le Marquis ?

L e M a r q u i s.

Chez mon Procureur.

M. D u p o n t.

Comment chez votre Procureur ?

L e M a r q u i s.

C'eſt bien le coquin le plus adroit, le fripon le plus honnête...Il n'y a point d'acte dans lequel il ne ſoit capable de trouver dix nullités ; votre maiſon ſeroit pleine d'huiſſiers qu'il vous la balayeroit. Ah ! parbleu, parbleu, il fera voir beau-jeu à tous vos coquins de créanciers ; c'eſt lui qui paie les miens, il faut voir comme il vous les mene : Ils font trop heurenx de m'accorder tout le tems que je veux.

M. D u p o n t.

M. le Marquis, ce n'eſt pas du tems que je demande, c'eſt mille louis, & il n'eſt point de ſacrifice que je ne faſſe pour me les procurer.

L e M a r q u i s.

Mais, mon cher, vous n'êtes que caution.

M. D u p o n t.

C'eſt ſur ma parole qu'on a prêté.

L e M a r q u i s.

Hé bien, vous donnerez votre parole de rendre quand vous pourrez.

M. D u p o n t.

Ce n'eſt pas là l'engagement que j'ai pris.

L e M a r q u i s.

Mais tous les jours, mon cher, on prend des en-gagemens qu'on eſt bien certain de ne pouvoir tenir; s'il falloit faire honneur à toutes les paroles qu'on donne, on n'en finiroit pas.

M. D u p o n t.

Quand je prends un engagement, il eſt ſacré pour moi.

L e M a r q u i s.

Vous voyez cependant que vous en avez pris un que vous ne pouvez pas remplir.

M. D u p o n t.

M. D U P O N T.

C'eſt ce qui me déſeſpere.

L E M A R Q U I S.

Parce que vous êtes un enfant : devez-vous être plus
ſcrupuleux que les plus honnêtes-gens de la Ville &
de la Cour? qui eſt-ce qui n'a pas de dettes? mais
je me charge de tout arranger.

Mad. D U P O N T.

Faites-mieux, M. le Marquis ; vous avez gagné hier
trois mille louis?

L E M A R Q U I S.

Oui.

Mad. D U P O N T.

Hé bien, prêtez-en mille à mon mari.

L E M A R Q U I S.

Je ne puis, Madame.

Mad. D U P O N T.

Eſt-ce que vous ne les avez plus?

L E M A R Q U I S.

Si fait, mais c'eſt un argent ſacré, & auquel je ne
puis toucher.

Mad. D U P O N T.

Pourquoi donc?

L E M A R Q U I S.

J'ai promis revanche ce ſoir, je puis les perdre aujourd'hui comme je les ai gagné hier.

Mad. D U P O N T.

Mais, dans ce cas, les mille que vous prêterez à mon
mari ſeront autant de ſauvés.

Le Marquis.

Ce seroit me déshonorer.

Mad. Dupont.

Ainsi, vous aimez mieux perdre votre argent au jeu, que d'obliger un ami ?

Le Marquis.

Nous nous sommes faits dans la Société des loix d'honneur que vous ne connoissez pas.

Mad. Dupont.

Ni que je ne veux connoître.

Le Marquis.

Si Dupont veut que je le mene chez mon Procureur, il le servira comme moi-même ; sinon je vous baise bien les mains à tous deux.

M. Dupont.

Je suis bien votre serviteur, M. le Marquis.

Le Marquis.

Vous pouvez toujours compter sur moi, mon cher ; je suis tout à vous. (*à la Pierre.*) Ote mon couvert, La Pierre, je ne puis dîner aujourd'hui chez toi.

M. Dupont.

Il s'en va.

Mad. Dupont.

Il fait bien.

SCENE XI.

M. DUPONT, MADAME DUPONT.

M. DUPONT.

Voila donc déjà deux amis disgraciés, & peut-être bientôt trois.

Mad. DUPONT.

Tu pourrois penser que Montdor...

M. DUPONT.

Il est Financier ; il connoît le prix de l'argent.

Mad. DUPONT.

Mais il en a tant.

M. DUPONT.

Il n'en a pas, selon lui, encore assez, puisque tous les jours il enfante de nouveaux projets pour en avoir davantage.

Mad. DUPONT.

La somme dont tu as besoin est pour lui de si petite conséquence !

M. DUPONT.

Quel avantage retirera-t-il de me la prêter ?

Mad. DUPONT.

Le plaisir d'obliger un ami.

M. DUPONT.

C'est un taux qui est peu connu à la bourse.

Mad. D u p o n t.

Tant pis.

M. D u p o n t.

Tu vois le fonds qu'on peut faire sur les amis, je vais voir si hors de chez moi je serai plus heureux, je te laisse réclamer sur Montdor tous les droits de l'amitié.

Mad. D u p o n t.

Tu vas revenir ?

M. D u p o n t.

Dans dix minutes, je suis ici.

S C È N E X I I.

Mad. D U P O N T *seule.*

Dois-je espérer de trouver plus de sensibilité chez un Financier, que chez deux hommes qui par leur naissance & leur éducation, devroient connoître tous les charmes de la bienfaisance : mais l'un, par son état même, n'est attaché à rien ; l'autre brave tout : l'un est sans humanité, l'autre sans principes. Ah ! quels amis, quels amis j'avois choisis ! mais c'étoit le choix de l'orgueil, & non celui du cœur & de la raison.

SCENE XIII.

Mad. DUPONT, MONTDOR, LA PIERRE.

LA PIERRE.

Monsieur Montdor ?

Mad. DUPONT *à La Pierre.*

Reſtez-là...

MONTDOR.

Vous allez me gronder, peut-être, belle Dame.

Mad. DUPONT.

De quoi, Monſieur.

MONTDOR.

De ce que j'arrive un peu tard, mais ce n'eſt pas ma faute, nous avons eu ce matin chez notre Caiſſier une aſſemblée d'actionnaires pour une petite répartition de quelques millions que nous avions à partager, & l'on a beau être tous d'accord, je ne ſais comment cela ſe fait, perſonne n'eſt jamais content, & tout le monde ſe plaint.

Mad. DUPONT.

Ce n'eſt pas vous, ſans doute ?

MONTDOR.

Non, ma foi, & j'aurois grand tort de le faire; car on ne peut jouer d'un bonheur plus conſtant : imaginez-vous, Madame, qu'on s'arrache mon papier ; qu'il gagne ſur la place ; & que dans beaucoup d'affaires, j'ai vu préférer ma signature aux fonds même que j'offrois.

Mad. D u p o n t.

Tout vous réussit.

M o n t d o r.

Tout, absolument tout.

Mad. D u p o n t.

Vous êtes bienheureux.

M o n t d o r.

Cent fois plus que je ne mérite : mais où sont donc nos Messieurs ?

Mad. D u p o n t.

Quels Messieurs ?

M o n t d o r.

Le Marquis & son oncle : j'ai vu un instant le Commandeur à la bourse ; il m'avoit dit qu'il dînoit chez vous, & nous nous y étions donné rendez-vous.

Mad. D u p o n t.

Vous ne les y retrouverez plus.

M o n t d o r.

Pourquoi donc ?

Mad. D u p o n t.

Ce sont deux monstres.

M o n t d o r.

Que vous ont-ils donc fait ?

Mad. D u p o n t.

Vous savez qu'ils sont tous les deux en argent ?

MONTDOR.

Le Commandeur, oui : mais le Marquis...

Mad. DUPONT.

Le Marquis a gagné hier trois mille louis au quinze.

MONTDOR.

Trois mille louis...s'il savoit placer cela comme il faut, le faire un peu travailler,.....il pourroit.....J'ai commencé avec moins, mais beaucoup moins... je parie que demain il n'aura pas un sol....Hé bien !

Mad. DUPONT.

Hé bien ! mon mari a besoin de mille louis, il les leur a demandés, & tous deux l'ont refusé.

MONTDOR.

Ah ! tant mieux, tant mieux : de quoi diable aussi s'avise votre mari de s'adresser à eux ?

Mad. DUPONT.

A qui vouliez-vous donc qu'il s'adressât ?

MONTDOR.

A moi : il sait bien que je ne manque jamais de fonds, & que dans une heure je puis faire deux millions s'il le faut...contez-moi donc un peu cela : votre mari a besoin de....

Mad. DUPONT.

De mille louis.

MONTDOR.

Vingt-quatre mille livres....c'est une misere dont je ne me mêlerois pas, si ce n'étoit vous.

Mad. D u p o n t.

Croyez qu'en mon particulier je vous en aurai la plus grande obligation.

M o n t d o r.

Vous avez un petit intérêt dans cette affaire ?

Mad. D u p o n t.

Le plus grand.

M o n t d o r.

Tant mieux, tant mieux : contez-moi un peu cela, je vous dirai tout de fuite fi c'eft bon ou mauvais. De quoi s'agit-il ?

Mad. D u p o n t.

Mon mari s'eft rendu caution pour un de fes amis.

M o n t d o r.

Il veut réalifer le cautionnement pour lui fouffler la place, hem !

Mad. D u p o n t.

Ce n'eft pas cela.

M o n t d o r.

Tant pis, hé bien.

Mad. D u p o n t.

Son ami a manqué.

M o n t d o r.

J'entends : de concert avec lui, Dupont achete toutes les créances.

Mad. D u p o n t.

Non, Monfieur, non ; mon mari n'eft pas capable de procédés auffi malhonnêtes.

M o n t d o r.

Expliquez-vous donc ?

Mad. DUPONT.

Mon mari a répondu pour un homme qu'il croyoit
honnête, il a manqué, & il faut que mon mari trouve
dans la journée vingt-quatre mille livres pour effectuer
le cautionnement.

MONTDOR.

Mais aussi de quoi s'avise votre mari de cautionner
un homme ?

Mad. DUPONT.

C'étoit son ami.

MONTDOR.

Son ami! on ne cautionne personne, Madame, à
moins d'avoir les fonds du cautionnement bien fournis :
tel que vous me voyez, je n'ai jamais voulu répondre
pour mon propre frere : qui répond, paie.

Mad. DUPONT.

C'est ce que veut faire mon mari.

MONTDOR.

On l'y forcera bien.

Mad. DUPONT.

Je m'étois adressé au Commandeur & au Marquis :
tous deux m'ont refusé.

MONTDOR.

Mais, écoutez-donc, Madame, ils n'ont pas tant
de tort. C'est fort bien d'aider ses amis quand ils font
de bonnes affaires ; mais quand ils en font de mauvai-
ses, quand ils n'ont pas de tête, quand ils répondent,
comme votre mari, sans avoir de bonnes sûretés, on
fait très-bien de ne s'en pas mêler.

Mad. D u p o n t.

Ainſi, mon mari ne doit pas compter ſur vous ?

M o n t d o r.

Non , ma foi : Si cependant il pouvoit donner des ſûretés bien ſûres…Ecoutez, il n'a qu'à paſſer tantôt chez moi, je le recommanderai à mon Caiſſier, car c'eſt lui qui ſe charge de ces ſortes d'affaires, je ne m'en mêle pas. Au reſte, c'eſt un homme très-obligeant, & s'il voit jour à ne rien perdre, il ſe fera un plaiſir, à ma recommandation, d'être utile à votre mari. * *Vous avez des diamans, par exemple, vous pouvez bien vous en paſſer quelque-tems, que votre mari les lui porte, cela ne fera pas mal.*

Mad. D u p o n t.

Il prête donc ſur gages, Monſieur, votre obligeant Caiſſier ?

M o n t d o r.

Ce n'eſt pas prêter ſur gages, Madame, c'eſt prendre un nantiſſement.

Mad. D u p o n t.

Mon mari va revenir, vous vous expliquerez enſemble.

M o n t d o r.

Je ſuis au déſeſpoir, mais il m'eſt impoſſible de l'attendre ; qu'il voie mon Caiſſier ; entendez-vous ? je le préviendrai. Serviteur.

---

* *Nota.* J'ai été forcé de retrancher ce trait à la ſixieme repréſentation, le Public l'ayant trouvé trop fort ; ce qui m'a rappellé le précepte de Boileau :

Le vrai peut quelquefois n'être pas vraiſemblable.

La Pierre *montrant le couvert de Montdor*
qu'il enleve.

Madame...

Mad. Dupont.

Oui, La Pierre, oui, & pour toujours.

SCENE XIV.

Mad. Dupont *seule*.

Les voilà donc, ces amis que j'avois choisis! c'étoit sur eux que je comptois; je leur sacrifiois mon bien, & si-tôt que j'ai besoin d'eux, ils m'abandonnent, ils me refusent le plus léger secours....

SCENE XV.

M. DUPONT, Mad. DUPONT.

M. Dupont.

Hé bien, ma bonne amie, M. Montdor?

Mad. Dupont.

Comme les autres : ah! mon ami, tu connois mieux les hommes que moi.

M. Dupont.

Il est vrai.

Mad. Dupont.

Ce sont tous des ingrats, des monstres.

M. Dupont.

Des ingrats, oui, pour la plupart : pour des monſtres, le terme eſt un peu fort ; ce ſont des égoïſtes, & c'eſt tout.

Mad. Dupont.

A préſent je hais, je déteſte tout l'univers.

M. Dupont.

Voilà une haine bien ſubite & bien étendue.

Mad. Dupont.

Je ne veux plus voir perſonne, je ne veux plus vivre que pour nous.

M. Dupont.

Vivre pour nous, c'eſt fort bien fait ; mais ne plus voir perſonne, le parti eſt un peu trop violent.

Mad. Dupont.

Ah ! c'eſt un parti pris : dès aujourd'hui je réforme ma table.

M. Dupont.

Ecoute-moi : les paſſions outrent tout : il y a une heure que trop de confiance te faiſoit regarder tous les hommes comme tes amis ; trois viennent de te tromper, & tu vas donner dans l'excès contraire. En tout, ma femme, il eſt un juſte milieu, qu'il faut garder ; c'eſt dans ce milieu ſeul qu'on trouve la vérité, la ſageſſe & le bonheur. N'eſtimons pas trop les hommes, ne leur accordons pas une confiance aveugle, & ils ne nous tromperont plus. On n'a pas à ſe plaindre de celui dont on n'a jamais rien exigé : respectons assez le nom d'ami pour ne le jamais soumettre au creuset.

Mad. DUPONT.

Des amis ! des amis ! il n'y en a pas.

M. DUPONT.

Il y en a peu : pour te guérir de ta petite manie de t'entourer de nos gens de condition, j'ai voulu dessiller tes yeux, mais non pas déchirer ton cœur : ne changeons donc rien, crois-moi, à notre façon de vivre ; mettons seulement un peu plus de choix dans ce qu'à l'avenir nous nommerons tout uniment nos connoissances.

Mad. DUPONT.

Mais mon ami, qui te tirera de l'embarras dans lequel tu te trouves ?

M. DUPONT.

Sois sans inquiétudes, cet embarras....

SCENE XVI & derniere.

Mad. DUPONT, M. DUPONT, M. DUPRÉ, LA PIERRE.

LA PIERRE.

J'ai ordre, Monsieur, de vous dire qu'il n'y a personne.

M. DUPRÉ.

Et moi je me moque de ton ordre, & j'entre...

M. D u p o n t.

C'eft vous, M. Dupré?

M. D u p r é.

Moi-même, qui viens de te donner au moins deux cent fois au diable : tiens, voilà tes maudits vingt-quatre mille francs ; à l'avenir fois un peu plus prudent, & pour Dieu, fais-moi fervir à diner, car je me meurs de faim & de fatigue.

Mad. D u p o n t.

Quoi, Monfieur, vous avez la bonté?...

M. D u p r é.

De quoi, Madame? de rendre un fervice à mon ami ? n'en auroit-il pas fait autant pour moi, fi je me fuffe trouvé dans l'embarras comme lui ? Vous m'eftimez-donc bien peu, fi vous croyez me devoir quelque re-connoiffance?

M. D u p o n t.

Oh ! mon ami, mon vieux camarade, fi tu favois combien je t'en dois, moi.

M. D u p r é.

Vous, Dupont?

M. D u p o n t.

Ecoute-moi, fans te fâcher : Tu fais combien de fois j'ai gémi avec toi de la Société trop brillante que ma femme s'étoit formée ; j'ai fait long-tems l'impoffible pour qu'elle en fentît le ridicule ; jamais je n'ai pu l'en convaincre : enfin je n'ai pas trouvé de meilleur moyen que de feindre un revers de fortune, un besoin pressant d'argent ; ma feinte a réussi au-delà de mes espérances, puisqu'en démasquant les faux amis, elle m'a fait connoître le seul, bon & loyal, que j'ai le bonheur d'embrasser.

M. Dupré.

Tu n'as donc pas besoin de mon argent ?

M. Dupont.

Non, mon ami, non.

M. Dupré.

Il n'étoit donc pas nécessaire de me fait courir tout Paris & à jeûn.

M. Dupont.

Je t'en demande mille pardons.

M. Dupré.

Soit : nous le reporterons...après dîner.

Mad. Dupont.

Vous l'aviez emprunté ?

M. Dupré.

Sans doute.

Mad. Dupont.

Digne ami !

M. Dupont.

Hé bien !

Mad. Dupont.

Voyons nos égaux.

M. Dupré.

Voilà qui eſt fort bon ; mais pour un homme qui meurt de faim , il y a quelque choſe de meilleur encore , c'eſt votre dîner.

La Pierre.

Il eſt ſervi.

M. Dupré.

Et nous allons le manger gaîment.

F I N.

De l'Imprimerie de Laporte , rue des Noyers.

www.ingramcontent.com/pod-product-compliance
Ingram Content Group UK Ltd.
Pitfield, Milton Keynes, MK11 3LW, UK
UKHW022342120726
13694UKWH00004B/1634